기획의 말

그리운 마음일 때 'I Miss You'라고 하는 것은 '내게서 당신이 빠져 있기(miss) 때문에 나는 충분한 존재가 될 수 없다'는 뜻이라는 게 소설가 쓰시마 유코의 아름다운 해석이다. 현재의 세계에는 틀림없이 결여가 있어서 우리는 언제나 무언가를 그리워한다. 한때 우리를 벅차게 했으나 이제는 읽을 수 없게 된 옛날의 시집을 되살리는 작업 또한 그 그리움의 일이다. 어떤 시집이 빠져 있는 한, 우리의 시는 충분해질 수 없다.

더 나아가 옛 시집을 복간하는 일은 한국 시문학사의 역동성이 드러나는 장을 여는 일이 될 수도 있다. 하나의 새로운 예술작품이 창조될 때 일어나는 일은 과거에 있었던 모든 예술작품에도 동시에 일어난다는 것이 시인 엘리엇의 오래된 말이다. 과거가 이룩해놓은 질서는 현재의 성취에 영향받아 다시 배치된다는 것이다. 우리는 현재의 빛에 의지해 어떤 과거를 선택할 것인가. 그렇게 시사(詩史)는 되돌아보며 전진한다.

이 일들을 문학동네는 이미 한 적이 있다. 1996년 11월 황동규, 마종기, 강은교의 청년기 시집들을 복간하며 '포에지 2000' 시리즈가 시작됐다. "생이 덧없고 힘겨울 때 이따금 가슴으로 암송했던 시들, 이미 절판되어 오래된 명성으로만 만날 수 있었던 시들, 동시대를 대표하는 시인들의 젊은 날의 아름다운 연가(戀歌)가 여기 되살아납니다." 당시로서는 드물고 귀했던 그 일을 우리는 이제 다시 시작해보려 한다.

기획의 말

그리운 마음일 때 'I Miss You'라고 하는 것은 '내게서 당신이 빠져 있기(miss) 때문에 나는 충분한 존재가 될 수 없다'는 뜻이라는 게 소설가 쓰시마 유코의 아름다운 해석이다. 현재의 세계에는 틀림없이 결여가 있어서 우리는 언제나 무언가를 그리워한다. 한때 우리를 벅차게 했으나 이제는 읽을 수 없게 된 옛날의 시집을 되살리는 작업 또한 그 그리움의 일이다. 어떤 시집이 빠져 있는 한, 우리의 시는 충분해질 수 없다.

더 나아가 옛 시집을 복간하는 일은 한국 시문학사의 역동성이 드러나는 장을 여는 일이 될 수도 있다. 하나의 새로운 예술작품이 창조될 때 일어나는 일은 과거에 있었던 모든 예술작품에도 동시에 일어난다는 것이 시인 엘리엇의 오래된 말이다. 과거가 이룩해놓은 질서는 현재의 성취에 영향받아 다시 배치된다는 것이다. 우리는 현재의 빛에 의지해 어떤 과거를 선택할 것인가. 그렇게 시사(詩史)는 되돌아보며 전진한다.

이 질문을 문학동네는 이미 한 적이 있다. 1996년 11월 황동규, 마종기, 강은교의 첫 시집들을 복간하며 '포에지 2000' 시리즈가 시작됐다. "생이 덧없고 허기질 때 이따금 가슴으로 암송했던 시들, 이미 절판되어 오래된 책방으로만 만날 수 있었던 시들, 동시대를 대표하는 시인들의 젊은 날의 아름다운 연가(戀歌)가 여기 되살아납니다." 당시로서는 드물고 귀했던 그 일을 우리는 이제 다시 시작해보려 한다.

달하

문학동네포에지 081

유안진 시집

달하

시인의 말

숙맥시대, 그 만감이 되살아나

4월의 대학입학에 5·16을 맞다니, 무기휴학이었다. 연탄불 꺼진 자취방에 누워 천정의 쥐 오줌이 그린 추상화를 감상하며 밤마다 쥐떼의 운동회에 시달렸다. 가정교사 월급 타면 청계천 헌책방을 돌아다녔다. 현대문학 과월호들과 특히 박목월 시인과 재회했다.

초등학교 입학 전에 조부께 천자문과 동몽선습을 배워 4언절구 7언절구에 친숙해졌으니, 내게 부과된 책무는 "신체발부(身體髮膚)는 수지부모(受之父母)이니 불감훼상(不敢毀傷)이 효지시야(孝之始也)이고, 입신행도 양명어후세(立身行道 揚名於後世)하야 이현부모(以顯父母)하면 효지종야(孝之終也)라"뿐이었다. 제사와 손님 많은 명문가에 시집가, 희생으로 불천위(不遷位)에 봉해져 친정과 시댁 가문을 빛내는 것뿐이었으나, 이런 촌순이도 도회지로 나와 중2학년이 되자, 존재증명이 필요했다. 휴전협정 반대 시위만 계속되었으니, 언제 기회가 또 와줄지?

나를 증명했야만 했다. 소월 시 「산유화」에 "갈 봄 여름 없이…" 했는데, 가을을 사투리 '갈'로 써도 됩니까? 또 소월 시 「산」에 "산새도 오리나무 우에서 운다"고 했는데, 왜 하필 오리나무로 썼습니까? 물론 내 질문은 조리 없었을 거다. 그래서일까, 내 질문이 끝나자마자 "그야 소월에게 물어봐야지?"라는 대답에, 교실 전체의 웃음거리가 되고 말았다. 그 사건 이후 나는 혼자 묻고 혼자 대답 찾는, 질문 못하는 아이가 되었다. "오늘도 칠, 팔십 리, 돌아서 육십 리를…" 하는 거리(距離)를 뜻하느라고 '五里나무'라고 썼나? 시는 그렇게 쓰나? 두고 봐라, 시인 아닌 아무것도 안 될 거다. 시인 되어 네 앞에 나타날 거다. 분노의 맹세로 이를 갈았다.

계속되는 무기휴학이라, 장차 무얼 하며 뭐가 될 건가? 일기를 쓰다가 문득 중2학년 때의 맹세가 떠올라, 혼신이 펄펄 끓어올랐다. 박목월! 날 기억하실 거다. 편지를 쓰고 찢고 또 썼고, 무슨 용기로 보냈던지, 자취방 문틈에 엽서 한 장이 꽂혀 있었다. "유군, 시작노트 갖고 한양대로 놀러오게." 드디어 왕십리 전동차! 파리떼와 채소밭 인분 냄새조차 황홀했다.

찾아간 연구실 앞에 나는 그냥 서만 있었고, 한참 후 문이 열리더니, 흘깃 한번 보시고는 어디로 가셨고, 나는 할 바를 모른 채 서 있었는데, 다시 돌아오시더니, "자네가 유군인가?" 하시고는, 화신백화점 뒷골목 이문설렁탕으로 데려가셨다. 뜨거운 설렁탕이 나오자, 소금을 치고는 소금 그릇을 옆에 끼고 잡수시며 질문만 하셨고, 나는 맨설렁탕을 먹는 둥 마는 둥 대답에 쩔쩔맸다. 그후 원효로4가 5번지로, 1년에 두어 번 습작을 갖고 가면, "엄마(사모님)야, 숙맥(바보) 왔데이, 맨설렁탕 먹던" 하셨다.

그러다가 원효로 로타리 심정다방에서 뵙곤 했다. 어느 날은 "차암 좋테이" 하시더니, 갑자기 정색하고는, "자네는 문학 전공도 아닌데, 살다가 에럽다꼬 시 베리면(포기), 추천한 나는 뭐가 되노?" 하셨다. 그날 울며 왔다. 선생님은 나의 무얼 보시고 추천하셨을까? 졸업 축하로 65년 봄에, 시골학교 선생으로 방학 때마다 상경하여 원고 보여드린 열성으로, 66년, 67년 연거푸 추천해주셨을까? 대학원을 국문과로 갈까? 말씀드렸더니, 내 전공이 더 큰 집을 짓는 데 도움될 거라고, 반대하시며 첫 시집을 말씀하셨다. 원고를 받아 '달하'라고 이름 주시며 두고 가라고 하셨다. 어느 손들을 거쳐 첫 시집으로 나왔는지 아직도 모른다. 다만 혼자 맹세했던 시인 아닌 아무것도 안 되기로 해도, 전공으로 밥은 먹어야 했고, 행운이 주어져 유학을 가게 되었고 귀국하여 인사드리자 너무 좋아하시며. 그때는 숙맥이라고 안 하셨다. 너무 일찍 선종하시어 취직도 못한 어린 제자들은 고아보다 외로웠고, 선후배 동료도 없는 나는 더 의지가지없었다.

늘 외롬 타는 나는 누가 알아봐주면, 잠을 못 자도록 고마웠다. 두어 번의 마주침이 고작인 김민정 시인이 이 첫 시집 복간을 제의할 때도 잠을 못 잤다. 첫 시집의 그 부끄러움을 노출할 배짱이 내게 있었을까? 이 복간을 기획, 한국시문학사에 기여하려는 문학동네의 높고 먼 뜻에 감복? 나를 끼워준 감동에 도취했음인가? 감사하며 수고해주신 유성원씨와 함께 모두께 경의와 감사가 대단하다. 개정판 아닌 복간이라서 사투리 한 글자도 안 바꾸었고, 세로쓰기 초본을 가로쓰기로 편집하여 생기는 행간 서너 곳을 조정했을 뿐. 문학동네의 이 기획이 멀고 높고 큰 뜻의 한국문학사 자체가 되기를 소망하며, 정말 좋은 시 한번 써보고 싶다.

2023년 겨울
유안진

차례

3부

1부

동행

살같이 빠르다는
한 세월을
그대
부리가 빠알간
젊은 새요

옛 어르신
그 말씀대로
연약한 죽지를
더욱 의지 삼고

느릅나무 높은 가지
하늘 중턱에다
한 개 작은
둥지를 틀고

음악이 모자라도록
춤을 추며 살자
햇발이 모자라도록
웃음 웃어 살자.

사진

언제 보아도
넉넉한 평화

봄 햇살
휘어져 내리는
침묵의 언저리

평생을 두고
되살릴란다

나래 빛 고운
나빌 타고 날아와

내 아기 마음에
자욱지는 당신을—

아직도
두 눈 꼬옥 감은
어리고 숫된 내 꿈은

한 그루
작은 꽃나물까

당신 눈길로

항상 쫓기며

숨죽여
살몃
귀만 열어놓는다.

풍선

아직은 무어라
이름 지어 부를 수 없는
그는

꼭두새벽 열리는 길섶에
꽃 피는 소리랄까

신령님 계오신 바윗골에
무지개를 뽑아내는
낙숫물 소리랄까

보일 듯 귀로만
들려오는 사람

눈감고 가슴 짚으면
높으나 높은 가지 끝에
걸어놓은 편지라

그 음악 속으로
빨려드는 나의 속력
빼앗기는 나의 질서

그래서
날로 가벼워만지는 몸무게를

무엇으로
무엇으로
가늠할거나.

초봄 엽서

아직은
더듬을 길 없으나
쉬이 오실 줄 압니다

매양
살찬 바람 끝으로만
맴돌았지만

또한
오래 미워 못하는
내 약점 그 하나로
가슴 젓는 봄

머지않아
늘상 연연하던
두 심령 하나되어
선혈 붉게, 붉게
돌산 막바지까지
불타오를 줄 압니다.

봄바람

문득 이승은
저만치 물러앉고
천지에는 가득한
얼굴 하나뿐

나는 모른다
어떤 우연에 웃음이 피고
어떤 만남에 아픔이 열리는지

손톱 발톱마저도
머리터럭 끝마저도
녹아 흐르는
젊은 날의 이 돌림병

황금 가루 쏟아지는
아지랑이 기슭기에
그대 목소리는
신(神)의 부르심

거기, 철철 향기 높은 꽃으로
나는 피어라
홀연히 이승은 간데없고
그대 홀로 앉아 가락을 빚네.

선물

호화로운 품목도
진귀한 보배도
없는 나

머언
당신께
무엇
드리리까

우수절
남풍에 묻어온
빗발에
강 얼음 풀리듯

내 설움도
절로
풀려

늘상
연연하던 생각만
풍편(風便)에
실어보냅니다.

5월의 초대

오른손 높이 들어
당신이 초대하는
초여름 잔칫날

나는
진초록 치마폭에
짐짓 가벼이 바람 일리며
고전을 춤추는
꿈에 취한 나들이

해묵은 인연으로 뻗어간 가지에
푸른 초롱 걸어
풍경 우는 소리소리
구름 밖으로 풍겨가는
혼례의 음악

이 평화 길이 누리며
어지신 임금님댁 옛 뜨락에서
당신은 오늘
푸른 나라 여시다.

꿈

차라리 내가
반쯤 죽어야
그대를 보는가

철따라
궂은 비 뿌리는 내 울안
말 못하고 흘려보낸
어두운 세월의
어느 매듭에서

눈먼 혼(魂)을 불러
푯푯이 움틔우며
일월(日月)을 거느려
그대 오는가

목숨과 맞바꾸는
엄청난 이 보배

차라리
내가
온 채로 죽어야
그대를 보는가.

꽃

너의
어디든
나는 빛나고 있다

녹슨 자물쇠
무겁게 걸어둔
너의 깊은 데서
등불을 켜는 사람

너의 슬픔
속속들이 파묻힌
숨긴 눈물까지를
환히 보고 있는
나의 이 슬픔

가슴, 가슴의
샛길을 날으며
노래하는 종지리

퍼덕이는 날개의
깃털을 쓰다듬는
나의 이 기쁨

하늘 채광 어리운

풀섶의 이슬같이

너의
어디든
내 눈물은 반짝이고 있다.

가을밤

깊은 밤
빈 뜨락에
가랑잎 소리

니는 죽으면
뭣 돌라노

임자 방 댓돌 밑에
귀뚜리 되지로

문풍지 피리 부는
달빛 노래 부르며
하늘에다 길을 여는
별똥별의 꼬리 달고

머다먼 꿈나라로 가
나래 쉬는 풀벌레

그때
그때라도
임자 사람 되지로.

단풍

아아 불타는 생명의 한복판
어둡고 그늘진 가슴에
이리도 잔인스레 칼부림 치는
가을, 이 외로운 싸움터

열렸던 모든 문들을 닫아걸고
눈감고 입다물고
된서리 뭇매 때려
홀로 닦아온 내 연가(戀歌)는

제 몸에 불을 질러
화형(火刑)의 영광으로
필생의 웃음 웃는
가랑잎 타는 소리.

노을

이 고요로운 옷깃에 머문
네 체온을
오늘 내가 와서
처음 뎁히고

다홍치마폭의
다듬이 소리
등 너머 아직
들릴성 싶은데

버선발로 달려온
나의 아씨여
네 귀밑 볼에
솜털을 재우는
저녁 종이 울었다.

2부

달

달하
하
보고퍼

은밀한 골방에
감춰둔
면경(面鏡)을
마주하면

온
누리에
차
오는
말씀
한 오리 여광(餘光)

둥그런 누리
일렁이는
물살에

하늘을
헹구는

달하

어찌타
이리 흔한
눈물을
물려줬노.

눈물

일손 바쁜 자봉침(自縫針)을
잠시 잊으셨나
어머니 오시다

모든 사랑의 제일 밑뿌리
모든 아름다움의 아름다운 형체
무너지는 아픔 그대로
어머니 오시다

눈썹 끝에 어리우는
푸르른 달빛
태어날 적 지어 받으신
이 선물로
후미진 인생길
묻어나는 먹구름을
씻어 헤우는 법이며
청마루에 가득한
새색시 적 옛얘기
그 꿈마저 물려주는가

조롱박을 업고 잠든
나직한 토담
오밤중 베개맡에
어머니 오시다.

아리랑

언제부터 니
내 가슴에
병(病) 깊은 선머시마

쟁기로 사랑을 가는
흙 묻은 가락이었노

두메산골 골골이
접동새 울 제
돌무지에 돌 한 개
덧놓고 나면

우리 장군
녹두 장군
돌아나 오실듯

옷치랖 축축허니
눈물에 적수며
동네방네 다니며
꽹과릴 치자
징병 갔다, 갔다 오는
고개, 고갯마루.

*

휘어지듯 둥글어간
하늘 가장자리께
어렴풋 새로와지는
보리술에 검은 사발

태중에서 묻어난
서러움을 달래온
불티 묻은 구둘목에
선잠 든 가락이여

내 웃음은
저녁답
초가집 용마루를
넘어서는 햇살

무논에서 돌아온
당신의 베잠방이

구름이 둘러서는
먼 우물길에
한 동이 하늘을 이고
돌아선다 각시네.

가을바람

웃는 나랑 함께 웃고
우는 나랑 함께 울다
저승 따 골골이 돌아온
이 목소리

내 잘못 낱낱이
고자질하며
목숨, 그 깊은 뜻
묻고, 되묻고

내 가슴 모닥불에
부채질하며
창밖에서 펄럭이는
사신(死神)의 옷자락

온갖 해답의 열쇠
한 손에 거머쥐고
번개 치듯 힛죽힛죽
미소마저 건네줄 때

가시 면류관 쓰듯
검은 머리 하고
단 쇠 같은 그 눈빛에
떠는 내 잎새.

산유화

지나온 그리 긴 날도
한줄기 눈물에
추억의 등 켜 들고
물을 길 없는 행방

차거운 돌무덤 곁에
향유(香油) 들고 섰는 여인
밤마다 풀무 솥에
녹아 엉킨 나의 혼(魂)
후비며 감기는 채찍
향기 되려 풀어내다

귀 넘어 흘려듣는
그날의 그 말씀
맵고도 뜨거운 줄을
몸소 겪어 되뇌이니

황홀한 사랑의 옷
덧입으리라
부활의 새벽에
마음에 남모를 웃음
새겨새겨 다시 웃다.

어떤 발견

어느 날 갑자기 저절로 열린 눈
정말 나는
어디 있을까

한 자루 붓대와 행복을 맞바꾼
계산에 밝은 여자
도도한 그 여자는
지금 어딨노

여기 고고한 학문의 궁전
겹겹 두꺼운 책으로
담 치고 들앉은
나는 고독한 여왕이더라

야심에 불타올라
우쭐대던 그 한때
젊음을 도적해간 책상을 밀쳐두고

부스스한 얼굴을 거울에 디밀어
자위(自慰)의 분가루를 뿌리고
색색의 물감을 바르고

손때 묻은 책표지를 더듬어
눈을 감아버리다.

섣달

입김도 얼어붙는
홀로의 시간

나는
밤하늘을 울어 가는
북풍이 부럽고
칼을 물고 달려오는
달빛이 그리웠다

가지도 푸른 잎새를 잊어갈 쯤에
풀뿌리도 살아 있음을 잊어갈 쯤에
눈물 마른 추녀 끝에도
주저리져 열리는 탐스러운 고드름

불꽃 튀던 한때도
그 속에 여물었고
지금은
거울 쪽 같은
어깨 너머 그림 한 폭

별 돋듯 돋아나는
이름자를 써서
응달에 걸어두고
가다 가다 돌아보마.

적(敵)

분가루 허옇게 뒤집어써도
거뭇거뭇 배어나는
내 열등(劣等)의 어두운 그림자

굶주린 듯 배고픈 눈으로
반쯤 숨어서
훔쳐보는 그는
불가침의 내 영토 안을
기웃거리며
황금빛 웃음 햇살을
가리워 서서

검은 안경 쓰고 뒤 밟아 다니며
내 슬기, 내 허세를
조금씩 좀먹으며

마침내는
나를 점령하고 말
내 지배자다.

성탄절

짐승 소리 울부짖는
마음 기슭에
별빛이 흘러드는
오두막을 세웁니다

참신(神)과
참사람인
어여쁜 아기씨여
짐승의 허울 죄다 벗은
순전히 짐승다운
골똘한 집념에
불을 댕기셔요

세상에서 제일로
낮은 이, 외로운 이로
하늘 웃음을 맛보여주시고
뜻과 뜻이 이어지는 자리마다
사랑의 물결 출렁이게
눈물겨운 기쁨으로
여울지게 하셔요

섣달에 스무닷새 날
간절한 마음마다
훤히 동트게 하셔요

메아리로 번져 울리는
쇠북이게 하셔요.

전쟁·승리

저리 착한 얼굴을 하고
가슴 어디에
칼을 갈고 있었을까

향기 짙은 웃음
그 어디쯤서
나는
중상(重傷)을 입었을까

옥빛 내 순정이
칼부림을 당한 난들

가르치소서
밝히 가르치소서.

*

바보로다
그대
눈물을 거두라

그래
세상인심들
그럴 줄을 몰랐는가

거짓을, 시기(猜忌)를, 모략(謀略), 중상(中傷)을……

아무나 견뎌내지 못하는 것
하나
묵묵히, 묵묵히
몸소 참아냈으니

피 뿜는 영혼의
억울함을
어이 모른 채
신원(伸寃)해주지 않으랴

미련한 녀석들의
어둑한 눈을
그대
희디흰 손을 들어
너그러이 용서하라.

섣달그믐

북두성도 숨어버린
캄캄한 하늘에
나직이 울리는
두레박 소리

처음을 지으신
전능하신 분이여
지금은
돌아와 무릎 꿇는 시간

그 어떤 용서도 허용되지 않는
마지막의 마지막 끝을
차마 놓지 못합니다

예쁨과 미움이 숨바꼭질하던
삼백예순 날, 몸서리치는 싸움

사람이 살아가는
이 쓰디쓴 맛도
깊이 갈앉아
머언 훗날에라도
한 그릇 생수로 솟아오를까요.

3부

좁은 문

하늘 푸르구나
무슨 죄 입었다고
이 어둔 땅을
내 소년아

싸늘히 식어버린
네 가슴속
돌 틈을 비집는
풀잎 같은 내 목숨은

사람 사는
그 많은 방법에도
쓴입 다물고
돌앉은 고집

오로지 너를 믿는
붉은 옷 서러운
꽃배암

피 흐르는 몸을
웅클쳐 앉아
숨지며, 숨지며
너를 기두린다.

칠석(七夕)에

아무리 애써도
사람이 어쩌지 못하는
거리(距離)라면

나 하나
오직 너로 더불어
엮는 꿈

우리도 하늘에 가
두 낱 별이 되자

인간으로 좇아나는
모든 욕심을 삼가
넋 놓고 바라보던
세상도 눈감아

하늘나라
보이지 않아
더욱 영원한 곳에

까치새 등을 타고
풀밭에서 만나기로
피 흐르는 혼들아
치성 드리자.

가을꽃

그대 뜻을 좇아
여기서 헤어지고
머리털을 쥐어뜯는
버드나무 아래
검은 머리채를
서릿발로 다스려
얼음 알보다도 더 투명한
손을 흔들어주는
코스모스꽃
흐르는 눈물을
주먹으로 훔치며
더 큰 사랑을 찾아
길 떠나는
내 소꿉동무
절대로 이루어지지 않을
한마디를 기댈거나
뼈를 비비며
뼈를 비비며
나는 오늘도
가을을 산다.

불

꼬옥, 꼭 접어 숨겼던
내 고독이 피운
꽃 무더기

머리 드는
푸른 영혼의
붉은 눈물을
밟아

무쇠도 녹아지는
무쇠도 녹아지는

아아 외고집.

망각

이제 와 비로소
아무렇지도 않다

소나기 쏟은 뒤의
유난히 맑은 날씨
너 보란듯이
웃을 것 같다

얼핏 생각하면 짓궂은 장난
그가 먼저 사랑함이 아니요
내가 먼저 사랑했음임을
자살을 해도
복수가 되지 않을
이 부끄럼을 자랑삼아
남은 젊은 날도
내 멋에 젖어 살리

겉으로 웃음 웃고
무르익는 속의 슬픔
한 날의 괴로움은
그날로서 족한 것
내일, 어느 내일에도 꿈에라도
떠올리지 않기로 한다.

들국화

저 홀로 왔다가
저 홀로 돌아갑니다

마음먹은 걸음마다
배고픈 그림자 달고
시퍼런 고독이 꼬리 트는
허허벌판에

기슭을 물어뜯는 강물이듯이
허공에서 자맥질하는 바람이듯이
피어 헝클어진
제멋에 겨운 젊음
채쭉을 몰아쳐 간
말발굽 자죽에는
혼을 홀겨내는
어지러운 달의 웃음

기다림도 목마름도
불타버린 모래톱 너머로
서러운 인연이나
부끄러운 빈손이나

나 홀로 찾아와
힘껏 살다 갑니다.

오해

육혈포(六穴砲)를 뽑아 들고
얼러대는 동장군(冬將軍)

얼어붙은 가슴팍을
구둣발로 걷어차며
그대와 나에게
겨울이 왔다

열 손가락 마디마디
고드름을 물리고
바늘방석 위에
오금 박아 도사린 채

목숨을 도모하는
우리 자존심.

겨울 엽서

눈이 펄펄 흩어지는 밤
너도 이처럼
잠이 오지 않았었니

한잔 술에라도 기대고 싶어
거리거리를 헤매었을 너

사나이의 끝없는 가능성의
확인을
여자에게서 찾으려던 너는
주점 구석에 쭈그려 앉아
쓴 잔을 스스로 따랐니

명예도, 사랑도, 황금도 내던지고
두 주먹 불끈 쥐고 총을 메던 너는
어느 산마루에 우뚝 서서
성난 짐승처럼 소리쳐 울었니

뜨락에는 쌓이는 하늘나라의 엽서
나는 어느 편에
안부를 전해볼고.

솔베이지의 노래

바깥 날이
눈부시게 화창한 휴일은
한 곡 노래를 고른다

뜻 모르던 눈물의 내 어릴 적
이제 와 가슴에
메아리치는 아우성을

실핏줄을 퉁기며
채수려 오는 얘기
옛적에도
나만치나 서러운 여자가
살고 있었으니

대쪽 같은 마음으로
살다 갔으니

누구든지 나를
괴롭히지 말라

내 마음에는
그의 자죽을
지니고 산다
무궁한 세월이

흘러간 다음, 다음에야
그제야 너희는
머리를 끄덕이겠지

바윗돌에 스며드는
산간의 범종(梵鐘) 소리
흐느끼는 촛불로도
삭여내지 못하는

그는 버리었으나
나는 아니 버리리라.

새벽종

굽어살피소서 하나님

밤새워
곤두박질치던 이 몸
당신 무릎 아래
엎푸러졌습니다

철없는 나이의
설익은 풋사랑이라
깊이 꾸짖으십니까

헛된 탐욕의 끄나풀이라
놓으라
명하십니까

저마다의 몫으로
인생을 지으시고
제 몸처럼 서로 아껴라
이르셨거늘

마음 다하여 사람을 사랑함이
어찌 나만의
앙큼한 욕심이리까만

남을 울린 그 울음을
나도 울어보아야
남을 버렸음에
나 또한 버림받아
마땅하다 하십니까

그래서
살을 깎는 쓴 약사발로
먼저 영혼을 살찌우라 이르십니까

당신마저 버리시면
뜨거운 눈물로 풀어 없어질 몸

내 온몸을 찢어내어
불사른다 해도
살아남아 더더욱
청청히 푸를
단 한 번만의 이 욕심을

그 전능의 소매 깃을
우러러
나
부르짖어 웁니다.

함춘원(含春園)

마로니에 그늘 아래
숨가빴던 여름 한철

그대는 푸른 이마
불타는 더벅머리
눈으로 속삭이는
그 슬기로

영원과 참을 손잡아주던
고독의 선수
낙산(駱山)의 사슴이

비워둔 자리에도
구름은 엉키우고
소나기 터 잡아

가랑잎 잎새마다
철인(哲人)의 말씀
피와 살을 지녀
밤마다 거듭나는
진통 앓으며

우리는 예꺼정
등을 대고 걸어왔다.

때때로 나를 불러

어찌 이렇듯
어리석었느냐

무릇
만남이 아름다우면
헤어짐은
더욱 이롭지 않겠느냐

눈을 들어 하늘을 보라
저리 빛난 별 떨기도
떨어지겠거든

하물며
티끌 속에 피고 지는
풀잎 같은 목숨이리

그러나 내 이를
천하보다 귀히 여기나니

딸아, 어린 딸아
더 참을지니
어떤 행복의 문
열리지 않겠느냐.

위로

내 딸아
얼굴을 들어라

어찌하여
이리도 그릇되었느냐

네 영혼이
그로 인해 목마르니
아픔을 겪느라
정결해진 마음에

이 모든 곤혹은
도리어
덕(德)을 세우는 것

네가 잃음이 아니요
그가
너를 잃음이라.

*

그렇다
장인(匠人)이 버린 돌이
모퉁이에

머릿돌이 된다셨지

내 비록
슬픔에선 졌으나
기쁨으로 이길 테야

푸른 풍경 어우러진
내 동산에도

언젠가는
찬란한 날이 올 거야

기맥히게 황홀한
그런 날이 올 거야.

약속

꼬옥꼬옥 눈감아도
훤히 얼비치는 그

참으로 안 잊어짐을
기어코 잊으라 하심—

바람 잡듯 헛된 꿈을
좇아다닌 건
나만이 아니란다

내 아픔과
참아 견딤과
줄기찬 기다림도
헤아려주셨다

그래
더 좋은 인연을 주마
약속하셨다.

문학동네포에지 081

달하

초판 인쇄 2023년 12월 10일
초판 발행 2023년 12월 22일

지은이—유안진
책임편집—김민정
편집—유성원 김동휘 권현승 유정서
표지 디자인—이기준 이정민
본문 디자인—이원경
저작권—박지영 형소진 최은진 서연주 오서영
마케팅—정민호 박치우 한민아 이민경 박진희 정경주 정유선 김수인
브랜딩—함유지 함근아 고보미 박민재 김희숙 박다솔 조다현 정승민
배진성
제작—강신은 김동욱 이순호
제작처—영신사

펴낸곳—(주)문학동네
펴낸이—김소영
출판등록—1993년 10월 22일 제2003-000045호
주소—10881 경기도 파주시 회동길 210
전자우편—editor@munhak.com
대표전화—031-955-8888 / 팩스—031-955-8855
문의전화—031-955-2689(마케팅), 031-955-8865(편집)
문학동네카페—cafe.naver.com/mhdn
인스타그램—@munhakdongne 트위터—@munhakdongne
북클럽문학동네—bookclubmunhak.com

ISBN 978-89-546-9781-1 03810

www.munhak.com

문학동네